Ronja K. Traschütz

Tigerfliegen

story.one – Life is a story

story.one

1st edition 2023

Production, design and conception:
story.one publishing - www.story.one
A brand of Storylution GmbH

Font set from Minion Pro, Lato and Merriweather.

ISBN: 978-3-7108-6163-5

Für Herrn St. und seine wunderbare Frau.
Für Deborah, die meine erste Aphasie-
Erfahrung mit mir geteilt hat.
Für Amanda - meine liebste Aphasie-
Therapeutin.

INHALT

Prolog	9
Kapitel 1: Notfall	13
Kapitel 2: Schweigen	17
Kapitel 3: Sprachlos	21
Kapitel 4: Wiedersehen	25
Kapitel 5: Funken	29
Kapitel 6: Ausweglos	33
Kapitel 7: Schritte	37
Kapitel 8: Albtraum	41
Kapitel 9: Kontraste	45
Kapitel 10: Ruinen	49
Kapitel 11: Wahrheit	53
Kapitel 12: Gedankenkarussell	57
Kapitel 13: Verloren	61
Kapitel 14: Tigerfliegen	65
Kapitel 15: Entwürfe	69
Epilog	73

Prolog

Ein einzelner Sonnenstrahl stahl sich durch die Gewitterwolken und ließ die Staubkörnchen im Musikzimmer aufblitzen. Sanft wiegten sie sich im Rhythmus von Beethovens Violinsonate, die Michael aufgelegt hatte. Dieses »Gedicht aus Tönen«, wie er es nannte, schaffte es sonst immer, das Pochen in seinem Kopf zu beruhigen. Heute nicht.
Seit Tagen suchten ihn Kopfschmerzen heim, die er sich nicht erklären konnte. Möglicherweise hingen sie mit dem ständig neu auflodernden Streit mit seiner Frau zusammen. Heute war sie zu Besuch bei ihrer älteren Tochter Simone. Natürlich mit dem Auto und nicht mit dem Zug, wie Michael sie der Umwelt zuliebe gebeten hatte. Erleichtert dachte er daran, dass sie erst morgen zurückkehren würde. Das ließ ihm noch einige Stunden, in denen er Stille und Musik genießen konnte. In denen er sich nicht anhören musste, dass er schuld am Unglück seiner Frau und an der Entfremdung der Töchter war. Anfangs hatte er sich vehement gegen diese Vorwürfe gewehrt. Inzwischen war

er nicht mehr sicher. Schließlich kam ihre jüngere Tochter Marie – oder Katze, wie Michael sie liebevoll nannte – kaum noch nach Hause. Nicht einmal für ihren kleinen Neffen. Gedankenverloren rieb Michael die rechte Hand, die unangenehm kribbelte. Um sich abzulenken, ließ er den Blick über die Bilder wandern, die Katze als Kind für ihn gemalt hatte. Er blieb an der Darstellung der »Tigerfliegen« hängen. Schmunzelnd erinnerte er sich an Katzes Panik, als sie die Schwebfliegen zum ersten Mal gesehen und für Wespen gehalten hatte. Bald war es zu ihrem Codewort geworden, wenn die Dinge nicht so schlimm standen, wie sie zuerst aussahen. Wenn es ein kleines Licht in der Dunkelheit gab.

Mit einem Anflug von Sehnsucht nach seiner Tochter stand Michael auf, um das Fotoalbum zu holen, das sie ihm geschenkt hatte, bevor sie nach Berlin gezogen war. Verwirrt stellte er fest, dass sein rechtes Bein ihn nur sehr steif zum Regal trug. Schwindel überkam ihn und er beeilte sich, zurück zu seinem Lieblingssessel zu kommen. Ächzend ließ er sich fallen und schlug das Album auf. Es zeigte Bilder von Katze als Kind am Rittersprung auf dem Heidelberger Schloss. Mit Michael bei »Turandot« in Karlsruhe – ihrer gemeinsamen Lieblings-

oper. Mit ihrem damaligen Freund Lenny im Schwetzinger Schlossgarten. Das volle Haar fiel ihr über das selbst geschneiderte Kleid und umspielte ein selbstbewusstes Lächeln.
Zwischen den Fotos schlängelten sich unzählige Zeichnungen. Michael suchte auch hier nach den Tigerfliegen, die Katze fast auf jeder Seite verewigt hatte. Er blinzelte. Die plötzlich unscharfen Bilder entwischten ihm. Er blickte auf. Auch das Musikzimmer verschwamm. Was hatte das zu bedeuten? Vielleicht hatte er zu wenig getrunken? Oder entwickelte er etwa in seinem Alter noch Migräne? Er streckte die rechte Hand nach einem Glas Wasser aus. Doch er konnte es nicht greifen. Hitzige Panik stieg in ihm auf. Er versuchte es mit der Linken. Es klappte. Zitternd trank er einen Schluck. Er brauchte Hilfe. Doch sein Handy lag außer Reichweite. Vielleicht konnte er die Spracheingabe aktivieren. Er öffnete den Mund, wusste plötzlich nicht mehr, was er sagen musste. Wie ein Blitzschlag durchzuckte ihn ein blendender Kopfschmerz. Er nahm kaum wahr, wie Glas und Album zu Boden glitten. Es wurde schwarz um ihn.

Kapitel 1: Notfall

Es war schon fast Mittag, als ich mich endlich aus dem Bett schälte. Mit einem Lächeln betrachtete ich Marc, der noch immer selig neben mir schnarchte. Es war spät gewesen, als wir uns gestern nach seiner Premiere und meinem Shooting endlich mal wieder gesehen hatten. Mit einer Tasse Espresso machte ich es mir auf der Chaiselongue vor Marcs Erkerfenster gemütlich. Die letzten Wochen steckten uns beiden in den Knochen. Und es gab keine Aussicht auf Besserung. Morgen würde Marc zu seinem nächsten Dreh verschwinden. Auf mich wartete die Fashion Week. Manchmal wünschte ich mir nur ein paar ruhige Tage. Wieder essen zu können, was ich wollte. Nicht immer perfekt aussehen zu müssen. Gleichzeitig war mir klar, dass ich das nicht lange durchhalten würde. Dass ein »normales« Leben mir viel zu langweilig wäre. Schließlich hatte ich es nach dem Abitur nicht erwarten können, Heidelberg zu verlassen und in Berlin endlich frei zu sein. Abenteuer zu erleben. Spannende Leute kennenzulernen. Vor der Kamera zu stehen. Dafür nahm ich den Stress, das Hungern und die ständige Unsicherheit, wie es weitergehen würde, in Kauf. Am Ende hatte jeder Job seinen Preis. Ich warf einen Blick auf das Bild von Heidelberg, das mein Vater für mich gemalt hatte, als ich ausgezogen war. Ich spürte ein Ziehen im Magen. Ihn vermisste ich doch.

Irgendwo im Kleiderhaufen auf dem Boden klingelte mein Handy. Als ich den Namen meiner Mutter sah, verdrehte ich die Augen und schaltete es stumm. Auf ihr Gejammer konnte ich heute wirklich verzichten. Seit ich denken konnte, tat sie nichts anderes, als ihr Unglück an anderen Leuten auszulassen. Und noch viel schlimmer: Alle außer ihr waren schuld daran. Besonders mein Vater, auch wenn ich nie genau verstanden hatte, warum. Selbst meine sonst so perfekte Schwester konnte es ihr selten recht machen. Das Handy vibrierte. *Ruf mich sofort an. Es ist ein Notfall.*

Ich runzelte die Stirn. Was sollte das nun wieder? War das ein neuer Trick, um mir ein schlechtes Gewissen zu machen, weil ich mich zu selten zu Hause meldete? Ich schob das Handy von mir. Aber eine nagende Stimme in meinem Hinterkopf sagte mir, dass ich doch besser nachfragen sollte. Um Marc nicht zu wecken, tappte ich in die noch kühle Küche, bevor

ich meine Mutter zurückrief. »Ich wusste, dass du mich wegdrücken würdest«, fuhr sie mich an. Keine Begrüßung. Nur Vorwürfe. Was hatte ich erwartet? »Ich bin gerade erst aufgestanden. Außerdem wollte ich Marc nicht wecken.«
»Das sieht euch ähnlich. Anständige Leute würden nicht so lange faul im Bett liegen.«
Ich biss die Zähne zusammen. Der Tag war zu kostbar. Ich wollte ihn nicht mit einem Streit beginnen. »Du wolltest aber nicht mit mir sprechen, um mich zu belehren, oder? Warum rufst du an?«
»Ach, dürfen Mütter ihre Kinder jetzt nicht mehr anrufen?« Ich schüttelte den Kopf. Es hatte keinen Zweck. »Sagst du mir jetzt, was los ist?«
»Du musst sofort nach Hause kommen.«
»Was gibt es denn so Wichtiges? Ich ertrinke hier in Arbeit.«
»Arbeit«, brummte sie und ich hätte schwören können zu hören, wie sie die Augen verdrehte. Ich machte mir nicht die Mühe, ihr die Fashion Week zu erklären oder die Tatsache, dass die Shootings für Herbst- und Winterkollektionen nun einmal im Sommer stattfanden. »Es geht um deinen Vater. Er hatte einen Schlaganfall.«

Kapitel 2: Schweigen

Die kühle Herbstluft ließ mich frösteln, als ich aus dem Zug stieg. Fast drei Monate später hatte ich meinen Besuch nicht länger hinauszögern können. Mit einem Knoten im Magen hielt ich nach meinem Schwager Thomas Ausschau. Ich war froh, dass er mich abholte. Ein paar Minuten länger, die ich meiner Mutter und meiner Schwester entkam. Zwischen Taxis und wuselnden Touristen entdeckte ich ihn. Wie immer begrüßte er mich mit Handschlag. Schweigend stieg ich ins Auto. Während er sich in das Labyrinth aus Ampeln und Baustellen fädelte, schweiften meine Gedanken zurück zu den letzten Wochen.

Ich hatte es nicht über mich gebracht, Papa im Krankenhaus zu besuchen. Wollte ihn nicht so sehen. Nun war er aus der Reha zurück. Und hoffentlich wieder normal. Meine Agentur war nicht begeistert gewesen, dass ich mir für den Besuch freigenommen hatte. Ein wenig bereute ich es bereits. Arbeiten wäre viel einfacher, als meiner Mutter und Simone unter die Augen zu treten. Erstaunlicherweise war bei den letzten

Shootings nur meiner guten Freundin und Fotografin Silver aufgefallen, dass ich manchmal etwas abwesend war. Thomas ließ mich vor dem Haus aussteigen, bevor er den Wagen in die Tiefgarage fuhr. »Simone und Flori sind auf dem Spielplatz«, sagte er noch. »Und deine Oma hat sich oben in ihrer Wohnung hingelegt. Aber Michael und Ruth sind da.«
Jeder Schritt zur Haustür kostete mich Überwindung. Kaum hatte ich aufgeschlossen, hörte ich bereits die hektischen Schritte meiner Mutter. »Wird Zeit, dass du kommst«, eröffnete sie mir, ohne zu erklären, ob sie meinen verspäteten Zug oder die letzten Wochen meinte. Ich wollte das Wiedersehen nicht mit einem Streit beginnen und schwieg. »Mit dem Essen konnten wir nicht warten. Thomas hat dir etwas zur Seite gelegt. Sieht aus, als könntest du es gebrauchen.« Sie musterte mich. »Das ist nett von ihm«, entgegnete ich. »Wo ist Papa?« Meine Mutter schnaubte. »Im Esszimmer.« Ich wollte lieber nicht wissen, was sie an dieser Frage nun wieder ärgerte. Langsam öffnete ich die Tür, nicht sicher, was mich erwarten würde.
Papa saß in einem Rollstuhl und starrte teilnahmslos aus dem Fenster. Seine rechte Hand lag zu einer Faust geballt auf seiner Jogginghose. Ein Schlauch wand sich von seinem Bauch

zu einem Beutel mit Wasser, ein anderer zu einem Beutel mit… Rasch wandte ich den Blick ab.

»Hallo Papa.« Meine Stimme brach fast, während ich einen Schritt auf ihn zumachte. Er sah kurz zu mir auf, bevor er den Blick wieder abwandte. Wollte er mich gar nicht sehen?

»Es ist zwecklos, mit ihm zu reden.« Ich wandte mich um. Simone war zurück, die spießige Hose voller Sand. »Warum?«

»Er hat eine Sprachstörung. Morgen kommt eine Logopädin. Aber ich glaube nicht, dass sie helfen kann. Er will nicht sprechen. Wenn er nicht mal *dich* richtig ansieht…« Sie ließ den Satz unbeendet. Weitere Worte waren nicht nötig. Der Vorwurf, dass Papa mich immer bevorzugte, schwang laut und deutlich mit.

»Versteht er, was wir sagen?« Simone zuckte die Schultern. »Im Rehabericht hieß es, dass er mit dem Sprachverstehen Schwierigkeiten hat. Aber ich habe es nicht richtig begriffen. Es sieht auch nicht so aus, als würde es ihn interessieren.« Ich wollte die Worte nicht hören, konnte aber nicht widersprechen. Papa hatte sich uns kein einziges Mal zugewandt. Ich spürte einen Kloß im Hals. »Ich gehe meine Sachen auspacken«, murmelte ich und flüchtete ins Gästezimmer.

Kapitel 3: Sprachlos

Das Frühstück saß mir noch im Nacken, während ich den Tisch für die Logopädin freiräumte. Meine Mutter hatte mich genötigt, mehr zu essen, als ich wollte. Für Papa, der weiterhin teilnahmslos am Fenster hockte, hatte sie nur giftige Blicke übrig. Während Simone mit Flori gekämpft hatte, der nicht in seinem Hochstuhl sitzen, sondern lieber zu mir laufen wollte, hatte Oma Tilly seelenruhig ihren Haferbrei gelöffelt. Gerne hätte ich mehr Zeit mit Flori verbracht. Trotzdem war ich froh, als meine Schwester abfuhr. Kurz darauf parkte ein kleines rotes Auto mit Praxisaufschrift in unserer Einfahrt.

»Hallo, ich bin Julia«, stellte sich die Logopädin vor. Sie trug ein gruselig pinkes Praxisshirt und mochte ungefähr in meinem Alter sein. Ich führte sie zu Papa ins Esszimmer – meine Mutter wollte von »dem Therapiekram« nichts wissen und hatte uns alleingelassen. Papa sah Julia nur kurz an.

»Er spricht nicht«, sagte ich. »Wir sind nicht sicher, ob er nicht kann oder nicht will.«

Julia legte lächelnd einen schweren Ordner auf den Tisch.
»Das finden wir schon heraus.« Ich schielte zur Tür.
»Brauchst du mich noch?« Ohne recht zu wissen warum, wollte ich Papa auf keinen Fall bei der Therapie zuschauen.
Doch Julia brauchte Informationen. Sie stellte mir allerlei Fragen, die ich nicht beantworten konnte. Trotz seiner abwehrenden Haltung wandte sie sich Papa schließlich mit freundlichem Lächeln zu und ich war frei zu gehen. Nach der Therapie rief sie mich noch einmal zu sich.
»Im Rehabericht stand, dass seine Schluckfunktion gut genug für Schluckversuche ist. Ich habe verschiedene Konsistenzen getestet und bin der gleichen Meinung. Nächste Stunde können wir mit angedicktem Wasser und glattem Brei üben. Ich habe dir aufgeschrieben, was ich brauche.«
Ich nickte, obwohl ich nicht sicher war, ob ich alles verstanden hatte.
»Was ist mit seiner Sprache?«
Julia warf meinem Vater einen Blick zu. »Er hat dann doch recht gut mitgemacht. Er hat eine Aphasie und ist schwer betroffen, deshalb konnte ich nicht alle Untertests durchführen.

Ich muss die Ergebnisse noch auswerten, aber er ist im Sprechen, Verstehen, Lesen und Schreiben sehr eingeschränkt. Ich werde vermutlich ein Kommunikationsbuch erstellen. Vielleicht könntest du bis zum nächsten Mal mit deiner Mutter überlegen, welche Wörter er häufig braucht.«

Nachdem sie gegangen war, kam eine Frau vom ambulanten Pflegedienst. Davon wollte ich noch weniger wissen und verzog mich in mein Zimmer. Im selben Moment klingelte mein Handy.

»Wie geht's dir?«, fragte Silver ohne Umschweife. Ich schluckte. »Ging schon besser. Papa ist ein richtiger Pflegefall. Und er spricht nicht. Alle ignoriert er. Sogar mich.«

Silver schwieg. »Ich weiß nicht, was ich sagen soll«, murmelte sie schließlich. »Es klingt schrecklich. Am liebsten würde ich dich sofort da rausholen.«

Dankbar lachte ich auf. »Das wäre toll. Ich kann nicht erwarten, zurück in Berlin zu sein.«

»Lass dir die Zeit«, entgegnete Silver. »Ich kann mir vorstellen, dass du jetzt am liebsten flüchten möchtest. Aber auch wenn er es dir gerade nicht zeigt: Dein Vater braucht dich.«

Kapitel 4: Wiedersehen

Obwohl ich es nicht hören wollte, musste ich Silver recht geben. Papa brauchte mich. Vor allem weil meine Mutter sich aus allem zurückzog. »Wird ja auch Zeit, dass du dich mal kümmerst«, fuhr sie mich an, als ich sie zur Rede stellte. Ich verkniff mir die Antwort. Schließlich hatte ich mich tatsächlich lange abgeschottet. Also erklärten Julia und Papas Physiotherapeutin Hannah mir, was ich mit ihm üben sollte. Sein Blick verfinsterte sich immer, wenn wir mit Handschuhen und Stäbchen für die Mundpflege ankamen. Dabei wusste ich nicht, ob die Anwendung oder der dadurch entstandene Müll Grund dafür war. Von der ambulanten Pflege, die dreimal am Tag kam, lernte ich, seine Magensonde anzuhängen. Trotzdem war ich froh, als das Wochenende nahte und Simone wiederkam. Bei der erstbesten Gelegenheit schnappte ich Flori, um mit ihm einkaufen zu gehen. Während ich ihn zum nächsten Supermarkt schob, plapperte er munter vor sich hin. Bislang sprach er noch nicht. Aber lange würde es nicht mehr dauern. Im Laden hatte ich alle

Hände voll zu tun, ihn von den Regalen fernzuhalten. Und erschrak umso mehr, als ich eine wohlbekannte Stimme hinter mir hörte. »Katze?« Langsam drehte ich mich um. Lenny. Er sah immer noch genauso aus, wie ich ihn in Erinnerung hatte. Damals, bevor ich nach Berlin gegangen war. Als wir zusammen waren. Damals, als die Welt noch in Ordnung war. Er hatte immer noch die breite Statur des Rugby-Spielers, der er in seiner Jugend gewesen war. Nur trug er anstelle der Sport-Shirts jetzt ein schlichtes Hemd. Stumm starrte ich ihn an. Wusste nicht, was ich sagen sollte. »Ich glaube, ein einfaches „Hallo" wäre nach der langen Zeit angemessen.« Konnte er Gedanken lesen? »Hallo«, murmelte ich.

»Und das ist?«, er nickte zu Flori, der gerade versuchte, seinem Gurt zu entkommen. »Mein Neffe.«

Er schien erleichtert. »Ich habe das mit deinem Vater gehört«, sagte er ernst. »Bist du deshalb zurück?«

Ich nickte. »Und du bist immer noch da?« Ich konnte ihm nicht recht in die Augen sehen. Schließlich wusste ich genau, dass er seine jüngeren Geschwister nach dem frühen Tod seiner Mutter nicht allein lassen würde.

Einen bitteren Zug um den Mund nickte er. »Ja,

weit habe ich es nicht geschafft.« *Nicht so wie du.* Die Worte lagen klar und scharf in der Luft. Ihre Stiche zerwühlten mein ohnehin schon aufgebrachtes Herz. Schließlich war es meine Schuld, dass unsere Beziehung gescheitert war. Ich war diejenige gewesen, die nicht mehr nach Hause kam, um meiner Familie aus dem Weg zu gehen. Während er sich intensiv um seine Familie kümmern musste. Ich hatte genau gewusst, dass er nicht mit mir nach Berlin kommen würde. Zu meiner Erleichterung meldete sich Flori: »Tatte.« Er zeigte auf ein Regal. Mit gerunzelter Stirn folgte ich seinem kleinen Finger, konnte aber nicht erkennen, was er meinte. Er sah mich erneut an: »Tatte.«
»Ich glaube, er versucht „Katze" zu sagen«, warf Lenny ein. Mit großen Augen sah ich zwischen den beiden hin und her.
»Das darf ich auf keinen Fall Simone erzählen«, stammelte ich. »Sie würde nicht verkraften, wenn er meinen Namen vor „Mama" sagt.«
»Noch ein bisschen Benzin für das Feuer zwischen euch«, warf Lenny ein. Ertappt nickte ich. Ich hatte vergessen, wie gut er mich kannte.
»Ähm, naja, ich muss los«, wich ich rasch aus. »Vielleicht sieht man sich mal.« Lenny nickte. »Mach's gut.« Ich spürte seine Blicke noch, als ich in den nächsten Gang abbog.

Kapitel 5: Funken

Zu Hause fand ich Papa an seinem üblichen Platz vor dem Fenster. Während Thomas mir Flori abnahm, brachte ich die Einkäufe in die Küche. Dort stritten sich Simone und meine Mutter. »Du kannst nicht alle Verantwortung von dir weisen«, sagte Simone gerade. »Er ist immer noch dein Mann.« Ohne mich eines Blickes zu würdigen, riss meine Mutter mir die Einkaufstasche aus der Hand.

»Und er ist euer Vater. Ihr habt mich lange genug mit ihm allein gelassen.«

Um nichts sagen zu müssen, stellte ich das Radio an. Über den Streit konnte ich es jedoch kaum hören. Seufzend ging ich zurück ins Esszimmer. Als hinter mir die Stimmen erstarben, sah Papa plötzlich auf. Erst jetzt erkannte ich die vertrauten Töne von »Turandot«.

»Dreh das mal lauter«, bat ich meine Mutter, als sie aus der Küche kam. »Ich glaube, Papa gefällt es.«

Mit zusammengekniffenen Augen sah sie zwischen uns hin und her.

»Wenn er was will, soll er es gefälligst sagen.«

Den Streit, der auf diese Worte entbrannte, hätte ich am liebsten aus meinem Gedächtnis gelöscht. Während Simone und ich, ausnahmsweise einmal vereint, unsere Mutter anschrien, dass sie so mit Papa nicht umgehen könne, ließ sie es Vorwürfe hageln. Dass er ihr Leben ruiniert hatte. Dass sie sich mit uns herumschlagen musste, während er Karriere machen durfte. Und dann hatten wir – also vor allem ich – sie auch noch mit ihm allein gelassen. Vorwürfe, die uns schockiert zurückließen, als meine Mutter sich schließlich ins Schlafzimmer verzog. Simone kümmerte sich um Flori, der zu weinen begonnen hatte. Papa war wieder zur Salzsäule erstarrt.

Unter dem Vorwand, das Kommunikationsbuch, das Julia uns gebracht hatte, durchsehen zu müssen, rettete ich mich in Oma Tillys leere Wohnung. In ihrem Wohnzimmer, das früher mein Kinderzimmer gewesen war, hockte ich mich aufs Sofa. Meine Augen brannten. Wieso passierte das alles? Ich hatte das Gefühl, in einem schlechten Drama festzustecken. Mit einem tiefen Seufzen schlug ich das Kommunikationsbuch auf. Es war zwar nur eine Ausrede gewesen, aber jetzt konnte ich genauso gut einen Blick hineinwerfen. Die Liste mit wichtigen Wörtern hatte ich natürlich allein erstellen müssen. Julia hatte die Bilder nach Themen geordnet. Nahrungsmittel, Badartikel, Kleidung. Mit einem Stich bemerkte ich, dass Hemd und Anzug nicht dabei waren. Den Gedanken, meinen Vater nie wieder darin zu sehen, versuchte ich so schnell wie möglich abzuschütteln. Wir brauchten wohl eine Seite für Musik. Ein Radio, ein paar Komponisten und Instrumente. Ich zog mein Handy hervor, fand aber keine Bilder, die mir gefielen. Um Zeit zu schinden, begann ich zu zeichnen. Beethoven. Eine Violine. Prinzessin Turandot.

Zufrieden stellte ich fest, dass meine Bilder wesentlich ansehnlicher waren als die Drucke aus dem Internet, die Julia verwendet hatte. Mit dem Gefühl, wenigstens irgendetwas Sinnvolles getan zu haben, erhob ich mich. Es wurde Zeit, endlich wieder mit den Workouts zu beginnen, die Marcs Personal Trainer mir gezeigt hatte. Außerdem konnte mein Körper ein wenig Wellness vertragen. Insbesondere um mein langes, volles Haar musste ich mich kümmern. Meine Agentin sagte immer, dass sie mein ganzes Kapital waren.

Für den Fall, dass Papa schnelle Fortschritte machte, musste ich in Form sein, wenn ich auf den Laufsteg zurückkehrte.

Kapitel 6: Ausweglos

Nach dem Abendessen flüchtete ich mich in mein Zimmer. Flori schlief schon und Oma Tilly war bei der Nachbarin zum Kartenspielen. Und alle anderen wollte ich nicht sehen. Erschöpft ließ ich mich auf mein Bett sinken. Dachte an Lenny. Er hatte auch viel durchgemacht. Aber seine Familie hielt wenigstens zusammen. Ein Blick auf die Uhr verriet mir, dass es noch zu früh war, um Marc anzurufen. Gelangweilt zog ich eine der Schreibtischschubladen auf. Fotos und Zeichnungen quollen hervor. Von Lenny. Von meinen Schulfreunden Melli und Jo. Von unzähligen Abenden an der Neckarwiese und auf dem Sportplatz bei Lennys Heimspielen. Zeichnungen, die ich im Leistungskurs angefertigt hatte. Und tausende kleine Skizzen.

Ehe ich wusste, was ich tat, hatte ich erneut einen Bleistift in der Hand. Als Erstes schaute Flori mich von dem Papier an. Dann Papa in seinem Rollstuhl. Und schließlich Lenny. Seine Züge waren mir so vertraut, dass ich sie blind hätte zeichnen können.

Als mein Handy klingelte, zuckte ich heftig zusammen. Mit schlechtem Gewissen sah ich Marcs Nummer auf dem Display. »Hey.« Ich zwang mich zu einem fröhlichen Tonfall.
»Du hast gesagt, dass du mich anrufst.« Mein Herz sank. Vorwürfe. So langsam konnte ich sie nicht mehr hören. Nicht nach einem ganzen Tag mit meiner Mutter.
»Ich war beschäftigt«, gab ich zurück. »Außerdem weiß ich ja nicht genau, wann du mit dem Drehen fertig bist.«
Marc atmete tief ein. »Lass uns nicht streiten. Wie war dein Tag?«
Sein Tonfall verriet mir, dass er immer noch sauer war.
»Oh, er war großartig. Mein Vater wurde auf wundersame Weise geheilt und alle haben sich lieb«, brauste ich auf, ohne recht zu wissen, warum ich plötzlich so wütend war.
»Was lässt du deine schlechte Laune an mir aus?«, fuhr Marc mich an. »Ich habe auch einen echt anstrengenden Tag hinter mir.«
Mühsam zügelte ich meinen Zorn.
»Tut mir echt leid, dass dein Leben so schwierig ist.« Wie schrecklich musste es sein, jeden Tag seinen Traum zu leben? In Berlin seine Karriere zu feiern, als wenn nichts wäre?
»Wenn es so schlimm ist, warum kommst du

dann nicht einfach nach Hause?«, fragte Marc, der seine Gereiztheit nicht länger verbergen konnte. »Wir hatten gesagt, du gehst eine Woche. Die ist jetzt vorbei. Wie lange soll ich noch warten? Wir wollten uns nochmal sehen, bevor ich zum Dreh in die USA fliege.«

»Ich kann jetzt nicht weg. Meine Mutter rührt keinen Finger mehr für meinen Vater. Und Simone arbeitet wieder. Ich kann meinen Vater wohl kaum meiner 90-jährigen Oma überlassen!«

Ich erschrak über meine eigenen Worte. Die ganze Woche hatte ich nicht darüber nachgedacht, wie ausweglos die Lage war. Ich wollte so schnell wie möglich nach Berlin zurück und mein Leben wieder aufnehmen. Aber wie eigentlich sollte das funktionieren?

»Dann musst du eben ein ernstes Wort mit deiner Mutter reden. Es kann ja wohl nicht sein, dass sie ihren Mann im Stich lässt.«

Jedes Wort triefte vor Ungeduld. Er verstand es einfach nicht.

»Wenn es so leicht wäre, säße ich längst im Zug«, knurrte ich. Marc seufzte.

»Weißt du was? Das alles brauche ich jetzt nicht. Ruf wieder an, wenn du bessere Laune hast.«

Und damit war die Leitung tot.

Kapitel 7: Schritte

Die nächsten Tage bekam ich kein einziges Lebenszeichen von Marc. Ich gab mir Mühe, nicht darüber nachzudenken und mich auf Papas Fortschritte zu konzentrieren. Julia hatte sich über die neuen Bilder gefreut. Sie hatte mir gezeigt, wie ich mit Papa üben musste, damit er sich schnell im Buch zurechtfand. Ich war erstaunt, wie gut es funktionierte. Mit Hilfe der Bilder konnte er mir zeigen, wann er Musik hören wollte. Welchen Pudding wir probieren sollten und ob er die Trinkversuche mit Wasser oder Tee machen wollte. Als es am Dienstagvormittag klingelte, sagte er: »Hah…« und zeigte er auf seine Beine. Ich nickte. »Das wird Hannah sein.« Die Physiotherapeutin kam wie immer strahlend herein. Sie bewunderte das Kommunikationsbuch, das auch ihr helfen würde, Papas Befinden besser einzuschätzen.
»Na dann legen wir mal los.«
Ich wollte gerade in die Küche verschwinden, als Papa in meine Richtung gestikulierte. Fragend sah ich ihn an. »Sik«, sagte er. Ich hob die Brauen und er blätterte fahrig mit der linken

Hand durch sein Buch. Schließlich tippte er auf das Radio. »Ich soll Musik anmachen?«, fragte ich. Er nickte. Ich wandte mich an Hannah. »Ist das okay?« Sie lachte.

»Aber klar. Dann macht es gleich noch mehr Spaß.« Sie zwinkerte Papa zu. Also schaltete ich das Radio ein und begann, die Küche aufzuräumen. Seit dem Wochenende hatte meine Mutter sich gänzlich von der Arbeit zurückgezogen. Ständig ging sie aus, sodass es an mir hängen blieb, für Oma Tilly und mich zu kochen – etwas, an das ich mich nur mühsam gewöhnte. Gerade hörte ich jemanden auf der Treppe, als Hannah im Esszimmer zu jubeln begann. Ich ließ das Geschirrhandtuch fallen und eilte hinüber, gerade rechtzeitig, um zu sehen, wie Papa mit Hannahs Unterstützung ein paar wackelige Schritte machte.

»Großartig«, strahlte Hannah und half ihm, sich wieder in den Rollstuhl zu setzen. »Noch ein bisschen Übung und Sie können wieder zur Toilette gehen.« Sie blickte zu mir auf. »Man müsste das Bad nur behindertengerecht einrichten, dass er sich abstützen kann.«

»Ach, jetzt sollen wir für ihn auch noch das Haus umbauen?« Meine Mutter stand in der Tür. »Ist es nicht genug, dass wir dieses dämliche Bett im Wohnzimmer stehen haben?« Ihre

Worte wischten das Lächeln von Hannahs Gesicht. Bevor ich etwas sagen konnte, fuhr meine Mutter fort: »Ich habe es satt. Mein ganzes Leben hat er mich zurückgehalten. Mich an dieses Haus gefesselt. Mir die Betreuung seiner Mutter aufgebürdet. Und nun auch noch seine. Damit ist jetzt Schluss.«
»Was soll das denn heißen?«, brauste ich auf. »Er hat dir ein bequemes Leben in einem der schönsten Viertel von Heidelberg ermöglicht. Konzerte und Theaterbesuche. Deinen Literaturclub. Du hättest schon längst wieder arbeiten gehen können. Aber du hast keinen Finger gerührt.«
»Das muss ich mir nicht gefallen lassen«, keifte meine Mutter. »Er hat mein Leben ruiniert. Ich hatte eine große Karriere vor mir. Das hat er mir vermasselt. Das habt *ihr* mir vermasselt.«
Sprachlos starrte ich sie an. Jetzt war es also unsere Schuld, dass sie ungewollt mit Simone schwanger gewesen war? Meine Mutter stieß Luft aus. »Wie dem auch sei. Ich habe mir das lange genug angesehen. Jetzt reicht es.«
Damit drehte sie sich um und marschierte hinaus. Als die Tür ins Schloss knallte, lief ich zum Fenster. Erst jetzt sah ich, dass sie eine große Reisetasche trug.
Meine Mutter hatte uns verlassen.

Kapitel 8: Albtraum

Papa und ich saßen stumm am Esstisch. Im Hintergrund lief das Radio, doch wir hörten beide nicht hin. Ich konnte nicht erahnen, was in seinem Kopf vorgehen mochte. Zu wild flogen meine Gedanken durcheinander. Wie sollte es jetzt weitergehen? Als Oma Tilly ins Esszimmer kam und fragte, was los sei, brach ich in Tränen aus. »Na, na.« Sanft zog sich mich in die Arme. Wie sie es früher oft getan hatte, wenn ich mich mit Simone gestritten hatte. Oder meine Mutter mir wieder einmal gesagt hatte, was für eine Enttäuschung ich war. »Ich helfe dir«, versprach Oma Tilly und gab mir einen Kuss auf die Stirn. Ich wischte mir übers Gesicht.

»Kannst du hierbleiben, bis jemand vom Pflegedienst kommt? Ich brauche dringend frische Luft.«

Oma Tilly nickte. »Na, geh schon.«

Ich stolperte in die Kälte hinaus. Meine Füße trugen mich wie von selbst am Werderplatz vorbei Richtung Neckar.

Im Schatten der Theodor-Heuss-Brücke suchte

ich mir einen der wenigen Plätze, die die Schwanengänse noch nicht für sich vereinnahmt hatten. Nach einigen Minuten spürte ich, wie der Anblick des fließenden Wassers mich beruhigte. Eine Wirkung, die ich von früher kannte, in den letzten Jahren aber vergessen hatte. Eine Antwort brachte es mir jedoch nicht. Ein Pflegeheim kam für Papa nicht infrage. Wir hätten das Haus verkaufen müssen, um uns einen Platz leisten zu können. Oma Tilly gab es ja auch noch. Bei dem Gedanken, jemand Fremden ins Haus zu holen, um sich um die beiden zu kümmern, zog sich alles in mir zusammen. Vielleicht kam meine Mutter ja zurück? Unwahrscheinlich.

Simone hatte gerade erst wieder in ihrer Schule angefangen, sie würde nicht von Heilbronn mal eben wieder herziehen. Mit Flori und allem. Egal in welche Richtung ich meine Gedanken losschickte, sie landeten doch immer wieder am gleichen Punkt: Ich musste hierbleiben. Mit zusammengebissenen Zähnen dachte ich an Berlin. An meinen Platz in der Agentur, den ich mir so hart erkämpft hatte. An Marc. Das alles sollte ich gegen ein langweiliges Leben eintauschen? Mein Blick wanderte weiter flussabwärts, zu einer Stelle, an der ich früher oft mit Lenny gesessen hatte. Eine Stelle, an der wir

über unsere Träume gesprochen hatten. Träume, in denen wir immer zusammen waren.
Ich seufzte.
Lenny hatte sich seine Zukunft auch anders vorgestellt. Er hatte seine Mutter mit seinem Vater gemeinsam gepflegt. Hatte sich in den Jahren danach um seine Brüder gekümmert. Und hatte trotzdem einen guten Job gefunden.
Ich fasste einen Entschluss.
Berlin würde noch ein bisschen warten müssen. Bis ich einen Weg gefunden hatte. Vielleicht machte Papa ja auch weiter so gute Fortschritte, dass er mich bald nicht mehr brauchte. Die Agentur würde nicht begeistert sein. Vermutlich würde es schwierig werden, wenn ich wiederkam. Aber jetzt war Papa dran.
»Du hast *was* beschlossen?«, fragte Marc entsetzt. »Dass ich noch eine Weile hier bleiben werde«, erklärte ich sachlich. »Ich muss warten, bis es meinem Vater besser geht oder dass wir eine andere Lösung finden.« Marc schwieg. »Ich weiß, dass du jetzt sauer bist, aber wenn es deine Eltern wären…«
»Ich habe es immer gewusst«, sagte er. »Dass du dich nicht für mich entscheiden würdest.« Er zögerte einen Moment. »Deshalb glaub bloß nicht, dass ich auf dich warten werde.«

Kapitel 9: Kontraste

Stumm stapfte ich am Neckar entlang. Der kalte Wind riss an meinen Haaren. Doch ich spürte ihn kaum. Die Freude über Papas Fortschritte heute Morgen fühlte sich an wie in einem fernen Traum. War das alles wirklich passiert? Meine Welt lag in Scherben. Wie hatte ich es so weit kommen lassen können? Ohne auch nur einen Blick auf die Landschaft zu werfen, die unzählige Touristen anlockte, lief ich stur geradeaus.

»Katze?« Ich sah auf. Blinzelte. Das runde Gesicht kam mir vage bekannt vor. Sie trug einen gemütlichen Parka, ihre Wangen schienen voller, die Haut klarer. Nichts war übrig, von dem Mode- und Makeup-süchtigen Teenager, an den ich mich erinnerte. »Melli?« Sie lachte. »Ja, ich weiß. Ich habe ein bisschen zugelegt. Wir nehmen uns alles, was wir kriegen können.« Sie strich über ihren vorgewölbten Bauch.

»Du bist schwanger?« Strahlend nickte sie. »Seit kurzem im Mutterschutz. Und du?« Sie runzelte die Stirn. »Du siehst schrecklich aus.« Während ich erzählte, hakte sie sich bei mir ein. So wie wir es früher getan hatten, wenn wir auf dem Schulhof unsere Runden drehten. Ich bemerkte erst, wohin sie mich führte, als wir direkt vor dem Café Frisch standen. »Du kannst bestimmt was Warmes vertragen. Und ich brauche was Süßes.« Meine Mundwinkel zuckten. In Mellis Welt ging nichts über ein Schoko-Croissant, daran hatte sich offensichtlich nichts geändert. Der Espresso hauchte mir wieder etwas Leben ein. Schweigend sah ich zu, wie Melli jedes noch so kleine Stückchen Blätterteig genüsslich aufpickte. Ich konnte kaum fassen, wie normal dieses Treffen verlief. Keine Vorwürfe. Keine Anschuldigungen. Nur Freude über das Wiedersehen.

»Wir haben bald ein Stufentreffen«, sagte Melli und riss mich aus meinen Gedanken. »Jo und ich würden uns freuen, wenn du kommst – wir sind immer noch ziemlich dicke, weißt du.« Sie grinste. Um meine Antwort hinauszuzögern, trank ich einen Schluck. »Ich weiß nicht«, murmelte ich schließlich. »Dann fragen alle, wie es in Berlin läuft. Und wie es meinem Vater geht.« Melli legte mir einen Arm um die Schulter. »Ich verstehe, wenn es dir zu viel ist. Wir können uns auch vorher zu dritt treffen. Und du entscheidest dann einfach spontan, ob du mitkommst.« Tränen verschleierten meinen Blick.

Wann hatte sich das letzte Mal jemand so um mich gekümmert? Um Fassung zu wahren, sah ich auf die Uhr. »Ich überlege es mir. Aber jetzt muss ich los. Sonst macht meine Oma sich Sorgen.«
Zu Hause herrschte immer noch gedrückte Stimmung. Papa wollte keine weiteren Schluckversuche unternehmen. Und selbst Oma Tilly ließ ihr Mittagessen unberührt. Nachdem wir abgeräumt hatten, setzte sie sich vor den Fernseher. Mein Vater wollte am Fenster bleiben. Weil ich nichts Besseres mit mir anzufangen wusste, ließ ich mich ebenfalls in einen Sessel fallen. Oma Tilly hatte eine Musik-Sendung gefunden. Ich achtete nicht weiter auf die Show, versank stattdessen in meinem Kummer. Erst als ein Duett von Katie Perrys »The one that got away« erklang, richtete ich mich auf. Ich hatte den Song schon oft im Radio gehört. Aber noch nie hatte ich auf den Text geachtet. Nicht bemerkt, dass er von einer Jugendliebe erzählte, die nur in einem anderen Leben eine Chance hatte. Der emotionale Auftritt rührte etwas in mir. Etwas, das sich nicht daran erinnern wollte, dass ich diese Geschichte gut kannte. Eine Geschichte, die ich selbst beendet hatte.

Kapitel 10: Ruinen

»Ich komme«, waren Silvers einzige Worte gewesen. Nun stieg sie aus der S-Bahn. »Wo kommst du denn her? Das war nicht der Zug aus Berlin.« Ich umarmte sie. »Nein«, lachte sie. »Aus Mosbach. Da wohnt eine Freundin aus der Ausbildung. Ich dachte, wenn ich schon in der Nähe bin…« Sie zuckte die Schultern. »Die Fahrt durchs Neckartal war der Wahnsinn. Ein absoluter Fotografinnentraum.« Ich musste lächeln. Das war meine Silver. Ihr Gesicht jedoch wurde ernst. »Wie geht es deinem Vater?«

»Ich bin nicht sicher, ob er schockiert oder erleichtert ist, dass meine Mutter weg ist. Aber die Pflegerin hat ihn heute zum ersten Mal auf die Toilette gesetzt. Und mit der Logopädin übt er seine Unterschrift.«

»Das klingt gut. Aber du siehst schrecklich aus. Schläfst du?«

»Kaum.« Kopfschüttelnd hakte Silver sich bei mir ein. »Was machen wir?«

»Du möchtest ja bestimmt alles sehen. Und vielleicht könntest du mir bei etwas helfen?« Silver hob die Brauen. »Vielleicht könnten wir ein paar Bilder für Social media machen? Um den Leuten da draußen zu zeigen, dass ich noch da bin?«

»Den Leuten und der Agentur, meinst du wohl.« Ich nickte. »Aber dafür will ich die schönsten Plätze vor meiner Linse haben.« Ich drückte sie fest. Zuerst quälte ich sie den Philosophenweg hoch. Obwohl Silver atemlos fluchte, musste sie zugeben, dass die Aussicht es wert war. Die Alte Brücke erkannte sie von Papas Bild in Marcs Wohnung wieder. »Ist das dein Ernst?«, stöhnte sie, als wir die Treppen zum Schloss erreichten. Oben angekommen posierte ich am Elisabethentor und im Garten, Schloss und Stadt im Hintergrund. Obwohl mir die Orte so vertraut waren, fühlte ich mich zwischen den Touristen wie eine Fremde.

Mit Begeisterung stürzte Silver sich auf den Pulverturm. Ich fand, er sah traurig aus, so zerfallen. Komisch eigentlich, dass Ruinen die Menschen so faszinierten. Doch ich musste zugeben, dass sie eine ganz eigene Schönheit besaßen.

Anschließend fuhr ich Silver an meinen Lieblingsort: den Schwetzinger Schlossgarten. Mit ihm verband ich eislaufen, Blätter sammeln und Ostereier suchen mit Papa und Oma Tilly.

Silver knipste mich an der Moschee und an der

Lügenbrücke. Schließlich warfen wir einen Blick in die Bärenhöhle.
»Keine Ahnung, ob sie so heißt«, sagte ich zu Silver, die bereits den Apollotempel ins Visier nahm. »So hat Oma Tilly sie immer genannt, wenn wir hier verstecken gespielt haben.« Silver zog ihren Mantel enger um sich. Obwohl wir einen schönen Herbsttag erwischt hatten, ließ der Wind uns frösteln. »Okay, eine Station noch, dann lade ich dich zum Kaffee ein.« Silver grinste. »Klingt gut. Wohin geht es?«
Ich schmunzelte. »Ans Ende der Welt.« Silvers verwirrter Blick war unbezahlbar.
»Wie geht es jetzt weiter?«, fragte sie, sobald wir gemütlich im Café saßen. »Ich habe alles geplant«, ich zog ein paar Zeichnungen hervor, die ich gemacht hatte. Mit großen Augen blätterte Silver sie durch. »Die sind der Hammer!« Jedes Bild stellte einen möglichen Post dar. »Ich wusste nicht, dass du so gut zeichnen kannst.«
»Danke. Vielleicht bringt es nichts, aber ich bin noch nicht bereit aufzugeben. Es darf noch nicht das Ende der Welt sein.« Silver schüttelte den Kopf. »Du bist wirklich verrückt. Und ich bin nicht sicher, ob der Plan aufgeht. Aber ich werde helfen, wo ich kann.«

Kapitel 11: Wahrheit

In der Woche nach Silvers Besuch gab es viel zu tun. Nicht die Dinge, die ich gern getan hätte. Ich musste Gelder beantragen, um das Bad für Papa umbauen zu lassen. Wir übten aufstehen, schlucken und Wortabruf. Simone kam nicht zum Helfen. Flori war krank, und außerdem war meine Mutter inzwischen bei ihr untergekommen. *Ich kann mich nicht um alles kümmern*, hatte sie geschrieben. Ich auch nicht, hatte ich gedacht. Aber ich wollte nicht schon wieder Streit anfangen.

Umso mehr freute ich mich auf das Treffen mit Melli und Jo. Wie in alten Zeiten trafen wir uns im Café Villa in der Altstadt. Jo umarmte mich herzlich. Während wir auf Melli warteten, die noch einen Frauenarzttermin hatte, erzählte er mir aus seinem Leben. »Katha und ich sind frisch zusammengezogen. Jetzt redet sie schon von Hochzeit und Familie.« Er schüttelte den Kopf. »Ich möchte gerne noch ein bisschen leben. Ungebunden sein. Ich will kein Vater sein, der nie zu Hause ist.« Ich nickte und beneidete ihn um seine Freiheit. »Komm doch

mal zum Essen, wenn du länger da bist.« Ich lächelte. In dem Moment kam Melli. Sie strahlte. »Sieht alles gut aus«, rief sie. Entspannt lehnte ich mich zurück, während sie von den Babyvorbereitungen berichtete. Es war ganz anders als Treffen in Berlin. Irgendwie gemütlicher. Als es Zeit wurde zum Stufentreffen zu gehen, beschloss ich mitzukommen.
Ich sah Lenny schon von Weitem. Während Jo ihn begrüßen ging, wich Melli mir nicht von der Seite. Nach wenigen Minuten bereute ich meine Entscheidung. Ich hatte nicht damit gerechnet, dass fast alle von Papa gehört hatten. Dass ich immer wieder erklären musste, wie wir zurechtkamen. Gerade berichtete ich, wie ich mein Leben wieder aufnehmen wollte, als Lenny zur Gruppe stieß. Er runzelte die Stirn, blieb aber stumm. Nachdem ich geendet und sich das Gespräch auf eine andere Mitschülerin fokussiert hatte, kam er zu mir herüber. Wortlos zog er mich von den anderen fort.
»Was machst du da?«, fragte er.
»Ich habe erzählt, wie es ist«, gab ich trotzig zurück. Er hob eine Augenbraue. »Du hast gesagt, dass alles großartig klappt. Dass deine Mutter abgehauen ist, hast du verschwiegen. Und jeder sieht, wie elend du aussiehst. Du bist noch dünner als bei unserem letzten Treffen.«

Ich machte mich von ihm los. »Und wenn? Meine Mutter geht keinen was an. Dich übrigens auch nicht. Genauso wenig wie mein Gewicht. Du bist nicht mein Freund.« Er sank in sich zusammen. »Ja, dafür hast du ja gesorgt.« Ich schob den Unterkiefer vor. »Du machst mir kein schlechtes Gewissen. Nicht jetzt, wo es mir gerade einigermaßen gut geht.«

»Gut? Dass ich nicht lache. Du bist ein Gespenst. Und zu wem willst du eigentlich in Berlin zurückkehren? Wenn man den Klatschblättern glauben darf, hat dein toller Schauspieler sich von dir getrennt.«

Eiskalte Schauer jagten mir über die Haut. Ich hatte der Presse so entschlossen den Rücken gekehrt, dass ich vergessen hatte, dass sie meine Geschichte trotzdem finden würde. »Stalkst du mich?« Meine Wut brauchte dringend ein Ventil. »Meine Brüder haben mir davon erzählt. Ich habe kein Interesse an deinen Machenschaften mit den Stars.« Das war gelogen. Ich konnte es in seinen Augen sehen. Ich schnaubte.

»Lass mich einfach in Ruhe. Du hast keine Ahnung, wie hart mein Leben gerade ist.« Lenny ließ die Schultern hängen. »Klar, weil in meiner Familie ja immer alles leicht war.«

Kapitel 12: Gedankenkarussell

Als der Wecker am nächsten Morgen klingelte, zog ich mir die Decke über den Kopf. Ich wollte den neuen Tag nicht sehen. Wollte all die Verantwortung nicht mehr. Und vor allem wollte ich mich nicht all den ungebetenen Gedanken stellen, die Lenny so schonungslos in meinen Kopf gepflanzt hatte. Mühsam stemmte ich mich hoch. Der Pflegedienst würde bald hier sein.

Oma Tilly schlürfte bereits ihren Kaffee, als ich in die Küche kam. Ich musste lächeln, wie sie dasaß, mit ihrer Schürze, die sie immer trug, obwohl sie nicht mehr kochte.

»Kleckern kann man auch so«, hatte sie geantwortet, als ich sie einmal danach gefragt hatte.

Mein Handy klingelte. Argwöhnisch schielte ich auf das Display. Es war Silver.

»Hey, wie läuft's?«, fragte ich, nun schon deutlich besser gelaunt. »Ganz okay. Und bei dir?«

Eigentlich wollte ich »gut« sagen. Aber dann dachte ich an das Gespräch mit Lenny.

»Durchwachsen. Papa macht gute Fortschritte.

Gestern Abend hat er zum ersten Mal sagen können, welche Musik er hören wollte. Und es sieht gut aus, dass wir ihn bald von der Sonde befreien können. Seinen Katheter ist er schon los. Aber mir fällt so langsam die Decke auf den Kopf. Ein paar Sachen muss ich noch regeln, aber bald komme ich nach Berlin.«

Silver schwieg.

»Was ist?«

»Hoffen wir, dass es dann noch genug Arbeit für dich gibt.«

Mein Herz verkrampfte sich. »Was soll das heißen?«

Silver zögerte. »Es gibt ein neues Model in der Agentur. Noch nicht mal zwanzig. Sie hat deine Haare.«

Ich schloss die Augen. Ich wusste, was das bedeutete.

»Haben Sie meine Posts gesehen?«

Ich hatte Mühe, meine Stimme fest klingen zu lassen.

»Ja… Sie waren nicht sonderlich angetan. Es… es ist einfach nicht ihr Stil. Ich finde die Fotos toll, aber…« Silvers Stimme verlor sich. Sie musste nicht weitersprechen. »Ich wünschte, ich könnte noch irgendwas für dich tun…«

Ich unterbrach sie. »Musst du nicht. Du hast schon mehr als genug getan.«

Wir legten auf. Langsam tappte ich in mein Zimmer.
Meine Gedanken fuhren Karussell. Und stiegen immer am gleichen Punkt aus: Ich konnte mein Leben nicht einfach von hier aus weiterführen.
In dem Moment, als ich die Entscheidung getroffen hatte zu bleiben, hatten sich die Dinge geändert. Ich schluckte, als ich mir bewusst machte, was das bedeutete. Die Welt in Berlin hatte sich ohne mich weitergedreht. Meine dagegen stand still. Tränen stiegen in mir auf. Ob vor Angst oder vor Enttäuschung wusste ich nicht. Ich vergrub das Gesicht in meinem Kissen. Wie sollte ich allein aus dieser Situation herausfinden?
Und dann kam mir ein Gedanke. Vielleicht musste ich es nicht allein schaffen. Schließlich gab es da jemanden. Jemanden, der eine Karriere aufgebaut *und* sich um seine Familie gekümmert hatte. Ich richtete mich auf.
Lenny war der Einzige, der mir helfen konnte.

Kapitel 13: Verloren

»Katze?« Es fühlte sich merkwürdig an, wieder vor Lennys Tür zu stehen. Seltsam fremd und vertraut zugleich. »Darf ich reinkommen?« Zögernd fuhr er sich über den Dreitagebart. Dann trat er beiseite. Für einen Moment hatte ich das Gefühl, in eine Zeitkapsel geraten zu sein. Alles hier sah noch genauso aus wie damals. Einen großen Platz nahm ein Bild von seiner Mutter mit ihren drei Jungs ein. Die Perücke schief und mit einem hellen Lachen auf dem Gesicht.

»Wo sind deine Brüder?«, fragte ich.

»Schule und Uni«, antwortete er knapp.

»Musst du nicht arbeiten?« Erst jetzt wurde mir klar, wie ungewöhnlich es war, dass ich ihn zu Hause angetroffen hatte. »Homeoffice.« Er scharrte mit den Füßen. »Warum bist du hier?« Um Zeit zu gewinnen, setzte ich mich auf den Sessel, in dem ich früher oft gesessen hatte.

»Ich… ich brauche Hilfe. Du hattest recht. Mein Leben fällt auseinander.« Ich blickte auf meine Finger. »Ich dachte, wenn jemand versteht, wie das ist, dann du.«

Lenny schwieg. Lange.
Als ich die Stille nicht mehr ertrug, hob ich den Blick. Er sah mich nur an. Dann schüttelte er leicht den Kopf. »Es gibt nichts, was ich für dich tun könnte.«
In meinem Magen tat sich ein Loch auf. Ich hatte das Gefühl zu fallen. »Ich dachte, jetzt, wo ich wieder da bin, könnten wir…«
»Freunde sein?«, beendete Lenny den Satz. »Im Ernst? Du hast mich hier allein gelassen, als meine Mutter durch die Chemo musste. Du bist nicht gekommen, als die Rezidive auftauchten. Dann hast du Schluss gemacht. Ohne Grund. Nicht einmal die Beerdigung war sie dir wert.«
Tränen schimmerten auf Lennys Wangen. Energisch wischte er sie weg. Mit verschränkten Armen starrte er mich an.
»Du hast mich im Stich gelassen, als ich dich am meisten gebraucht habe. Und jetzt, wo dir niemand mehr dein Glück auf dem Silbertablett serviert, erinnerst du dich plötzlich, dass es mal Menschen gab, denen du wichtig warst.«
Nun rannen Tränen über *meine* Wangen. Doch ich machte mir nicht die Mühe, sie zu stoppen. Der scharfe Schmerz aus Lennys Worten raubte mir den Atem. Doch ich weinte nicht, weil die Worte hart waren. Nein, viel schlimmer: Ich weinte, weil er die Wahrheit sprach.

Ich wischte mir mit dem Ärmel übers Gesicht. »Tut mir leid«, flüsterte ich, stand ohne ein weiteres Wort auf und rannte zur Tür. Stumm sah Lenny mir nach.

Ich rannte, ohne recht zu wissen wohin. Es begann zu regnen, doch ich rannte weiter. Schließlich kam ich völlig außer Atem am Spielplatz meiner Kindheit an. Ich hockte mich auf eine leere Schaukel und schlang die Arme fest um meine Brust.

Wieder flossen Tränen. Mischten sich mit dem Regen. Angst und Scham lähmten mich. Wie hatte ich Lenny das antun können? Wieso spürte ich den Schmerz erst jetzt, den ich ihm zugefügt hatte? Die Antwort lag auf der Hand. Ich hatte mich abgelenkt. Mit meinem Erfolg. Mit Marc. Hatte mich mit Glamour und Rampenlicht betäubt.

Ich fuhr mir durchs Haar. Mein schönes, langes Haar, um das mich so viele Models immer beneidet hatten. Wem nützte es jetzt noch? Ein Gedanke durchfuhr mich. Meiner Karriere brachte es nichts mehr. Aber da gab es Frauen, die es dringend brauchen konnten.

Entschlossen stand ich auf.

Kapitel 14: Tigerfliegen

»Da bist du ja, wir haben uns solche Sorgen gemacht«, rief Oma Tilly. »Wir…« Sie verstummte, als ich meine Kapuze abnahm. Auch Papa machte große Augen. »Haare«, sagte er.
Ich hob den Beutel mit meinem Zopf hoch, schon wieder die verdammten Tränen in den Augen.
»Aber warum?« Fassungslos ließ Oma Tilly sich auf einen Stuhl fallen. Ich wischte mir übers Gesicht.
»In der Agentur haben sie mich ersetzt. Ich dachte, jetzt bringen sie anderen Leuten mehr als mir.«
Entschlossen legte ich den Beutel auf den Tisch und zog meine Jacke aus.
»Welchen Leuten denn?«
»Krebspatientinnen, Oma. Ich will den Zopf spenden.« Oma Tilly schüttelte den Kopf.
»Sachen gibt es«, murmelte sie. Dann stand sie auf. »Ich mache dir erst mal eine heiße Schokolade, du siehst völlig erfroren aus.«
Während ich ihr nachsah, rollte Papa näher an mich heran. Er nahm meine Hand.

»Tigafiegn.« Das Wort kostete ihn sichtlich Mühe. Doch ich hatte verstanden. Es war unser Codewort: »Es ist nicht so schlimm, wie es aussieht.«
Erneut wurden meine Augen feucht. »Danke, Papa«, murmelte ich.
»Sik«, sagte er und deutete zur Tür.
»Ins Musikzimmer?«, fragte ich und rang mühsam um Fassung.
Er nickte zufrieden und ich schob ihn hinüber. Er lenkte mich zum Bücherregal, wo er mit der Linken nach einem Fotoalbum griff. »Sitzen.« Er gestikulierte zu seinem Lieblingssessel. Ich nahm ihm das Album ab und half ihm beim Aufstehen. Inzwischen hatten wir beide gute Übung darin.
Mit kleinen Trippelschritten schafften wir es, ihn auf den Sessel zu setzen. Er klopfte neben sich und ich nahm auf der Armlehne Platz. Zusammen sahen wir das Album an, das ich ihm nach meinem Abitur gemacht hatte. Papa lächelte die ganze Zeit. Erst als wir zu der Seite mit dem Wasserfleck kamen, wurde sein Gesicht ernst.
»Bumm«, machte er.
Ich nickte. »Da bist du hingefallen.«
Simone hatte mir erzählt, dass sie ihn mit dem Album neben sich gefunden hatten. Und einem

Glas Wasser. Er drückte meine Hand. Dann zeigte er auf eine der vielen Zeichnungen der Tigerfliegen, die ich überall verteilt hatte. »Du«, sagte er.

In diesem Moment kam Oma Tilly mit meiner heißen Schokolade herein und ich wischte mir schnell über die Augen. Die Schokolade duftete nach Kindheit und Regentagen.

»Danke«, murmelte ich und umfasste die herrlich warme Tasse.

Oma Tilly strich mir durch das kurze Haar. »Hm«, machte sie. »Schön weich.« Ich lächelte dankbar.

Während Papa sich weiter bemühte, die Seiten umzublättern, nippte ich an meiner Schokolade – eine Freude, die ich mir schon lange nicht mehr gegönnt hatte. Auf der letzten Seite tippte Papa auf ein Bild, das mich in einem Sommerkleid vor dem *Ende der Welt* zeigte.

Das Kleid hatte ich damals selbst geschneidert und war sehr stolz darauf gewesen.

»Was ist damit?«, fragte ich. Er tippte wieder auf das Bild, ohne Worte.

Und zündete eine Gedankenexplosion.

Kapitel 15: Entwürfe

Ich weiß nicht, ob das eine gute Idee ist, hatte er geschrieben. Aber auf mein *Bitte* kam schließlich doch ein *Na gut.* Ich wartete am Philosophenweg. Dieses Mal wollte ich in den Wald weiterlaufen. Als er mich sah, blieb er abrupt stehen. »Was hast du angestellt?«, fragte er.
»Ich habe sie gespendet«, erklärte ich. »Für Krebspatientinnen.« Seine Augen weiteten sich.
»Und ist das jetzt eine ganz neue Katze?«
Ich lächelte. »Das ist der Plan.« Langsam begannen wir den Aufstieg.
»Warum wolltest du mich sehen? Ich dachte, dass es mehr als ein paar Wochen dauert, bis du dich wieder meldest.« Ich holte tief Luft, was beim Anstieg des Weges gar nicht so einfach war. »Ich wollte mich entschuldigen. Dafür, dass ich dich verletzt und im Stich gelassen habe. Dafür, dass ich dachte, wir könnten einfach wieder von vorne anfangen. Es war dumm und egoistisch von mir.« Schweigend lief er neben mir her. Schließlich fuhr ich fort: »Ich weiß, dass wir nicht einfach Freunde sein können, nach allem was passiert ist. Aber jetzt, wo

ich hierbleibe, hoffe ich trotzdem, dass wir es versuchen können.«

Lenny blieb stehen. »Du bleibst? Wann hast du das denn entschieden? Was wird aus deiner Karriere?« Ich zog mein Handy hervor und hielt ihm die Bilder hin. Zeichnungen von Kleidern, die ich entworfen hatte. »Ich will nachhaltige Mode designen«, erklärte ich. »Fair produziert, aus biologischen Materialien und vor allem: selbst auf dem roten Teppich wiederverwendbar.« Lenny runzelte die Stirn. »Wie kommst du denn auf die Idee? Und wie soll das funktionieren?«

»Papa hat mich darauf gebracht. Du weißt ja, wie wichtig ihm die Umwelt ist. Er hat sich früher ständig darüber aufgeregt, dass so viele Kleider unethisch produziert oder nur einmal getragen werden. Nicht nur auf dem roten Teppich. Meine Anzüge und Kleider bestehen aus Einzelteilen, die man immer wieder neu kombinieren kann.« Lenny verkniff sich ein Lächeln. »Und du meinst, das werden die Leute tragen?« Ich hob die Schultern.

»Hoffentlich. Ich habe eine ganze Kollektion entworfen. Meine Freundin Silver hat versprochen, mir zu helfen. Sie ist Fotografin und hatte gerade ihr Debüt als Regisseurin. Wir planen ein Shooting, außerdem wollen einen Spot drehen. Eine Stylistin habe ich auch schon. In zwei Wochen fahre ich für ein paar Tage nach Berlin, um mich mit einem potenziellen Partner zu treffen.« Lenny stieß hörbar die Luft aus. Ob er beeindruckt oder einfach außer Atem war, konnte ich nicht sagen. »Und das funktioniert alles einfach so? Mit der Agentur und deinem Vater?« Ich seufzte.

»Meine Agentin und ich haben das noch nicht endgültig diskutiert. Und für Papa konnte ich Simone einspannen. Wir haben meine Mutter davon überzeugt, sich eine eigene Wohnung zu nehmen. Natürlich macht mich das ein bisschen abhängig. Aber besser als nichts.« Wir hatten den Aussichtspunkt erreicht. Um ein paar Minuten zu verschnaufen, blieben wir stehen, Heidelberg zu unseren Füßen.

»Wie auf deinem Bild«, murmelte Lenny. »Dein Vater ist sicher stolz auf dich.«

Ich lächelte. »Viele Worte hat er ja nicht, aber…«, ich schluckte bei der Erinnerung, »als ich ihm die Entwürfe gezeigt habe, hat er gestrahlt und „gut" gesagt.«

»Also, wenn du mal Hilfe brauchst beim Marketing oder so«, Lenny scharrte mit den Füßen, »weißt du, wen du anrufen kannst.« Ich nickte und blinzelte weitere Tränen weg. Dann setzten wir unseren Weg fort.

Epilog

Wie ein Scheinwerfer fiel das Abendlicht durch das Fenster über der Tür. Mit einem Blick in den Wandspiegel zupfte ich mein Outfit zurecht, immer noch fassungslos, dass ich meine eigene Abendgarderobe trug. Der Launch vor zwei Wochen hatte besser geklappt als erwartet. Vielleicht kein grandioser Erfolg. Aber ein Schritt, der Hoffnung machte. Zufrieden strich ich mir eine Strähne hinters Ohr, die mir inzwischen schon bis zum Kinn reichte.

»Bist du sicher, dass es gut gehen wird?«, fragte Oma Tilly hinter mir ungefähr zum tausendsten Mal. »Mach dir keine Sorgen«, ich gab ihr einen Kuss auf die Wange. »Es wird alles klappen.«

»Aber ohne den Rollstuhl…« Ich sah Oma Tilly fest in die Augen. »Es sind nur ein paar Meter. Hannah und ich haben das Ein- und Aussteigen oft geübt. Sie hat mir versichert, dass er so weit ist. Und seinen Stock hat er ja auch noch.«

Oma Tilly seufzte.

»Ich verspreche dir, wir sind vor Mitternacht wohlbehalten zurück.«

»Dein Wort in Gottes Ohr«, murmelte Oma Tilly. »Na, dann macht, dass ihr wegkommt.«
Die Tür zum Musikzimmer ging auf. Auf seinen Stock gestützt tappte Papa auf mich zu. Seine Augen leuchteten, als er mich sah. Ich lächelte gerührt, während er dem Handlauf an der Wand zu mir folgte.
Als er vor mir stand, blickte er an sich herunter.
»Gut?« , fragte er.
»Perfekt«, nickte ich und gab mir alle Mühe, nicht jetzt schon zu weinen. Den Anzug hatte ich nur für ihn geschneidert. Ich atmete tief durch.
»Bereit?«, fragte ich. Er nickte. Ich hielt ihm meinen Arm hin und er hakte sich ein. Die Treppen vor der Tür bereiteten ihm noch Schwierigkeiten. Aber auch das hatten wir mit Hannah geübt.
Ein paar Minuten und Schweißtropfen später war es geschafft. Über die Schulter winkte ich Oma Tilly noch einmal zu, dann machten wir uns an die Aufgabe, Papa auf den Beifahrersitz zu setzen. Es klappte gut. Bevor ich losfuhr, gab ich ihm noch die Trinkflasche, die Julia uns empfohlen hatte.
Er nahm einen Schluck, achtete sorgfältig auf seine Kopfhaltung und schluckte sauber ab. Zufrieden schnallte ich erst ihn, dann mich an.

»Radio«, bat Papa. Schmunzelnd schaltete ich es ein, während wir uns auf den Weg zur A5 machten. Trotz Baustellen kamen wir rechtzeitig am Badischen Staatstheater in Karlsruhe an.
Papas Augen glitzerten, während ich ihm aus dem Auto half. Ich konnte seine Aufregung spüren, die ihn Schritt für Schritt bis zu unseren Plätzen in der Loge führte. Unruhig zappelte er hin und her. Ein Programm hatte ich nicht gekauft. Lesen konnte er es nicht. Außerdem kannten wir beide ohnehin jedes Stück auswendig. Nachdem das Orchester gestimmt hatte und der Dirigent aufgetreten war, wollte Papa klatschen, musste aber feststellen, dass das mit der gelähmten Hand gar nicht so einfach war. Stattdessen schlug er die Linke auf seinen Oberschenkel.
Als die Musik schließlich begann, saß er ganz still und lauschte gebannt. Bei»Non piangere Liù« sah ich aus den Augenwinkeln, wie sich seine Lippen bei einzelnen Wörtern mitbewegten. Und bei »Nessun dorma« liefen die Tränen. Ich griff nach seiner rechten Hand.
Den Blick nach vorn gerichtet, umschloss er sie fest.

RONJA K. TRASCHÜTZ

Ronja K. Traschütz wurde 1991 in Heidelberg geboren. In Tigerfliegen entführt sie die Leser:innen an Orte aus ihrer Kindheit und Schulzeit. Einige davon hat ihre Schulfreundin Rebecca Dörschner fotografisch für das Buch eingefangen. Inspiriert wurde die heute in Ulm lebende Autorin und Logopädin durch ihren ersten Aphasie-Patienten, der trotz massiver Einschränkungen ein einzigartiges Beispiel für Mut, Resilienz und Lebensfreude war.
Doch auch Therapiekinder und Logopädieschüler:innen inspirieren sie immer wieder dazu, neue Geschichten zu erzählen. Ihr literarisches Repertoire reicht von Kinder- und Jugendbüchern über Fantasy zu Romanen und persönlichen Erzählungen mit logopädischem Bezug.

Bereits bei Story.one erschienen:
Wenn 1 plus 1 unendlich ist (2022),
Helfersymptom (2023, Shortlist der Story.one Bookawards) und Stimmdämonen (2023).

Loved this book?
Why not write your own at story.one?

Let's go!